Un bon vieux Noël à l'ancienne

À chaque fête de Noël, tôt ou tard, alors même que tout se déroule au mieux, il y aura toujours quelqu'un pour fermer les yeux, pencher la tête en arrière et ronchonner à voix basse :

– Ah, quand même, ce n'est plus comme avant. On dirait bien que ces bons vieux Noëls d'antan ne reviendront plus.

Ce à quoi, de mon coin de la pièce, je réponds généralement :

– Tant mieux ! Ça me convient très bien !

Quant à savoir ce qu'il entend précisément par « bon vieux Noël d'antan », vous n'arriverez jamais à lui faire dire.

– Plein de neige, marmonne-t-il, et plein de nourriture.

Pourtant, si vous vous y prenez comme il faut, rien ne vous empêche aujourd'hui encore de vous procurer de la neige et de la nourriture en abondance. Enfin, au moins de la neige.

Et puis subsiste cette idée tenace qu'un bon vieux Noël à l'ancienne doit nécessairement se dérouler à la campagne. Que vous ayez réellement été élevé dans une ferme ou que votre fantasme d'un Noël rural provienne d'images glanées dans de vieux numéros de *Harper's Young People* n'y change rien : vous ne pouvez vous empêcher d'expliquer aux gens que c'est dans cet environnement qu'enfant vous passiez vos vacances de Noël. Et que, à votre grand regret, ces jours bénis ont disparu à jamais !

Eh bien supposons qu'un jour votre vœu se réalise. Imaginons, par exemple, que la famille de votre femme, qui vit à East Russet, tout là-haut dans le Vermont, vous écrive pour vous inviter, avec les enfants, à venir passer ensemble un bon vieux Noël traditionnel, « pendant qu'on est tous encore là », ajoutent-ils gaiement, avec ce don qu'ils ont pour mettre tout le monde de bonne humeur.

Hourra ! Hourra ! On part à la campagne pour fêter Noël ! Fourrez dans les valises tous les vêtements chauds qui traînent dans la maison, parce que vous allez en avoir besoin ; là-haut, l'air est pur et glacé. Des raquettes pour marcher dans la neige ? Oui, prenez-les aussi… ou plutôt non, donnez-les à papa, il les portera. Quelle joie ! Prenez aussi des grelots à faire tinter au cas où il n'y en aurait pas assez sur le traîneau. Et du whisky pour soigner les engelures. À moins que le whisky ne soit pour les morsures de serpent, j'ai un doute… Qu'importe, emportez-en ! On est partis ! Au revoir, tout le monde ! Au revoir ! DING DONG-DING-DONG-DING-DONG-ding-dong-ding-dong-ding-dong !

Pour vous rendre à East Russet, vous prenez le Vermont Central jusqu'à Twitchell's Falls, puis vous effectuez le changement pour Torpid River Junction, où une voie secondaire vous conduit tout droit à Gormley.

À Gormley, vous trouvez une carriole pour vous ramener à Torpid River Junction. Dans l'intervalle, un train ou autre chose s'est arrêté en gare, qui attend l'arrivée de l'omnibus en provenance de Besus. En attendant vous aussi le train local, vous aurez largement le temps d'envoyer votre petit garçon à l'école, de sorte qu'il puisse finir son année de CM1.

À East Russet, pépé vient vous chercher en traîneau. On empile les valises, et maman s'assied devant avec Lester sur ses genoux, tandis que papa prend Junior et Ga-Ga à l'arrière avec lui et les bagages. Allez, hue, Esther !

Esther se rue en avant, et deux valises tombent du traîneau. Oh là ! Vous redescendez donc ramasser les valises, les secouer pour enlever la neige et en remplir vos manches par la même occasion. Après tout, rien de tel que de la neige pour s'infiltrer dans les manches. De la bonne neige propre n'a jamais fait de mal à personne. Ce qui est une chance car, après avoir parcouru un ou deux kilomètres, vous vous rendez compte que Ga-Ga n'est plus là. Bah, c'est une petite fille pleine de ressources : elle se débrouillera bien toute seule pour trouver le chemin de la ferme. Quand vous arriverez, elle sera probablement déjà là-bas en train de vous attendre.

La ferme se trouve sur une colline culminant à environ mille sept cent soixante-dix kilomètres du centre de la ville, juste avant la frontière avec le Canada. Ils profitent ainsi de la moindre petite brise hivernale. Mais les brises sont le cadet de leurs soucis, grâce à leur poêle à mazout de marque Little Colonel installé dans l'entrée, qui leur prodigue une chaleur si agréable sur un rayon de dix centimètres ! Et cette grande cheminée ouverte par où s'engouffrent les courants d'air ! Comme c'est pittoresque !

Vous venez juste de vous arrêter devant la ferme, avec la jambe droite entièrement gelée, là où la couverture a glissé. Mémé vous attend à la porte et vous vous précipitez à l'intérieur, rayonnant de joie.

– Joyeux Noël, mémé !

Lester est fâché et Junior tout ensommeillé ; on le traîne donc par la main jusqu'à l'étage, et il se cogne à chaque marche dans l'escalier. Il est si tard que vous décidez sagement d'aller tous vous coucher sans attendre, en particulier lorsque vous apprenez que le petit-déjeuner est servi à quatre heures et demie du matin. D'habitude, c'est à quatre heures, mais, vu que Noël est un jour férié, on fait tous la grasse matinée.

En montant l'escalier, vous pénétrez dans une zone d'air froid dont la qualité évoque la température bien régulée d'une bonne crypte. C'est la Zone des Chambres à coucher, là où le thermomètre ne franchit jamais la barre du zéro degré du 15 octobre à la mi-mai. Ces chambres, dans lesquelles personne ne dort, servent d'ordinaire à entreposer des légumes périssables – quelqu'un doit d'ailleurs venir frictionner les tomates et les poires de temps à autre, pour éviter qu'elles durcissent sous l'effet du gel et finissent par se craqueler.

Voici la méthode préconisée pour se déshabiller avant de se mettre au lit dans une des chambres à coucher de pépé : commencez au pied de l'escalier, là où il fait encore chaud, puis grimpez les marches quatre à quatre afin de faire circuler le sang aussi longtemps que possible. Ouvrez la porte de la chambre d'une main, décrochez les rideaux de la fenêtre avec l'autre, empoignez les tapis de sol et piquez l'étoffe qui recouvre le bureau. Empilez le tout sur le lit, recouvrez avec la porte la plus proche que vous aurez préalablement sortie de ses gonds, puis bondissez au plus vite là-dessous. Parfois, il n'est pas inutile d'enfiler en plus une paire de caoutchoucs sur vos chaussures.

Cependant, même une fois au lit, rien ne garantit que vous parviendrez à dormir. Le matelas de pépé donne l'impression d'avoir été rembourré avec les surplus du silo, des enveloppes de maïs, des épluchures de pommes de terre et de longs machins effilés qui font comme des cure-pipes. Par temps froid, se blottir là-dedans revient à peu près au même que s'allonger sur une litière de pommes de pin humides en pleine forêt.

Et puis il y a ces Choses un peu partout dans la maison. Peu après que vous vous êtes couché, les marches se mettent à craquer. Ensuite, quelque chose court sur le toit juste au-dessus de votre tête. Vous vous dites : « Ne sois pas bête. Ce n'est que le père Noël. » C'est alors qu'il poursuit sa course de l'autre côté du mur contre lequel repose la tête du lit. Le père Noël ne ferait jamais ça. Du long couloir interminable qui parcourt la maison vous parvient la plainte étouffée du vent, entrecoupée, à l'occasion, par le claquement rassurant d'une porte.

Le son caractéristique d'une personne en train d'agoniser dans d'atroces souffrances émerge juste en dessous du rebord de la fenêtre. C'est une sorte de gémissement sourd, avec une légère pointe de strangulation. Le père Noël est peut-être tombé du toit. Ou peut-être que l'histoire qu'on vous a racontée au sujet de la maison de pépé, qui aurait jadis servi de repaire à des contrebandiers pendant la guerre d'indépendance, est vraie, et qu'un des contrebandiers est revenu chercher son parapluie. À un moment pareil, le seul endroit sûr, c'est encore sous les couvertures. Mais les enfants sont effrayés maintenant et veulent rentrer à la maison ; alors il faut réveiller pépé, qui vient expliquer que ce n'est que Blue Bell dans l'étable. Blue Bell est asthmatique et, par une nuit aussi froide, il faut se montrer compréhensif avec elle.

L'aube qui se lève sur ce matin de Noël est tout aussi froide et couverte de lourds nuages menaçant de déverser davantage de neige encore ; mais, après tout, que serait un Noël sans neige ? Vous restez allongé au lit pendant une heure et quart en essayant de trouver une solution : comment vous lever sans lâcher les couvertures dans lesquelles vous êtes emmitouflé ? Un simple coup d'œil au broc d'eau vous informe que les patineurs vont désormais pouvoir s'en donner à cœur joie. Vous pensez à la salle de bains bien chaude chez vous et décidez qu'après tout vous pouvez attendre d'avoir regagné vos pénates pour vous raser.

Ce truc de briser la glace qui s'est formée à la surface du broc d'eau est apparemment un point commun des débuts dans la vie de tous les grands hommes, qu'ils ne peuvent s'empêcher d'évoquer avec une immense satisfaction. « Quand j'étais gosse, j'étais obligé de briser la glace dans le broc d'eau tous les matins pour me laver », déclarent-ils avec autant de fierté qu'on dirait : « Quand j'étais gosse, j'étais toujours le premier de ma classe. » J'ai du mal à voir ce qu'il y a de particulièrement vertueux à devoir briser de la glace dans un broc, sinon peut-être qu'ils se donnent toute cette peine rien que pour être propre ? Personnellement, chaque fois que briser de la glace dans un broc était un préalable obligé à ma toilette, je ne me suis tout simplement pas lavé. Benjamin Franklin, Ulysses S. Grant et Rutherford B. Hayes peuvent ricaner tant qu'ils veulent. Personne ne me contraindra jamais à faire une chose pareille.

Habiller les enfants offre une franche partie de rigolade, vu que vous devez simultanément leur secouer les membres de haut en bas afin de les empêcher de geler. Les enfants adorent ça et, lorsqu'ils sont enfin prêts à descendre dire « bonjour » à pépé et à mémé, ils sont aussi vifs et enjoués que des petits lutins. La famille au complet fait son entrée dans la salle à manger en se chamaillant, les visages rouges d'énervement et de colère.

Après le petit-déjeuner, tout le monde se met à vouloir s'occuper du repas de midi. Le fait que la cuisine soit le seul endroit à peu près chaud dans la maison y est peut-être pour quelque chose. Mais, en un rien de temps, la pièce est envahie de tellement de pelures de patates, de plumes de dinde, de pépins de courges et de miettes de tourte éparpillés dans tous les coins que la gent féminine vous expédie dehors, avec les enfants, en vous demandant de ne pas rester dans ses pattes et d'aller vous amuser dans le séjour.

Quel agréable moment vous passez alors, tous ensemble, en compagnie des gosses et de pépé ! Vous avez le choix entre vous affaler sur le canapé en crin de cheval, ou jouer *The Wayside Chapel* au piano (de chaque côté du cadre du piano, on peut apercevoir de la soie jaune à travers des ouïes sculptées), ou encore regarder par la fenêtre et vous plonger dans la contemplation d'une étendue de neige gris sombre à perte de vue. Peut-être même pouvez-vous sortir voir les chevaux et les vaches dans l'étable, mais, franchement, ne manquez-vous pas de vous dire en parcourant l'allée qui longe les stalles, une fois qu'on a vu un cheval ou une vache, on les a tous vus, non ? D'ailleurs, l'atmosphère frigorifique qui règne dans l'étable dégage en plus un parfum de harnais de cuir humide et de garniture moite de carriole qui vous glace jusqu'à la moelle.

Bien sûr, reste encore à procéder à la distribution des cadeaux, mais la cérémonie ressemble à s'y méprendre à celle qu'on pratique à l'occasion des fêtes de Noël modernes, sauf que dans les vrais Noëls d'antan les cadeaux n'étaient pas aussi sophistiqués. Les enfants récoltaient le plus souvent des chaussures et des moufles, avec, occasionnellement, une luge qu'on leur fourguait pour qu'ils puissent se dépenser un peu. Alors que, dès quinze heures, un petit garçon d'aujourd'hui s'est déjà lassé de son élévateur électrique pour le grain et de son bassin miniature avec une perche vivante dedans, le gamin d'autrefois pouvait s'estimer heureux si on lui offrait un exemplaire des *Batailles navales de la guerre de 1812* et une orange. À présent, on ne manquera pas de nous le ressortir pour vanter les mérites de l'ancienne manière de faire.

– De mon temps, déclare l'oncle Gyp, les enfants n'avaient pas droit à autant de cadeaux que maintenant.

Et il a l'air d'en être fier, comme si cela faisait forcément de lui quelqu'un de plus vertueux. Si les enfants actuels peuvent avoir des élévateurs électriques pour le grain et des petites voitures pour Noël, alors pourquoi ne sont-ils pas meilleurs que leurs grands-parents, qui n'avaient droit, eux, qu'à une montre ? Leur inculquer la valeur de l'argent, ce qui semble être l'unique argument des conservateurs, ne tient pas vraiment la route comme slogan de Noël. La valeur de l'argent, on peut l'apprendre en cinq minutes à peine le moment venu, et Noël n'est vraiment pas la saison idéale.

Mais revenons à la ferme, là où, en compagnie des gosses et de pépé, vous êtes occupé à tuer le temps. De multiples possibilités s'offrent à vous : vous pouvez aller chercher du bois dans la remise, dégeler la pompe à eau, ou bien vous plonger dans les livres exposés dans la bibliothèque au-dessus du secrétaire. Parmi ces trois options, rapporter du bois serait probablement l'activité la plus plaisante, car vous risquez de vous brûler en tentant de dégeler la pompe ; quant à la liste des lectures à votre disposition, elle comprend *Vie et Hauts Faits du général Grant*, *Notre premier siècle*, *Le Voyage d'Andy à Portland*, des volumes reliés de *La Gazette des éleveurs de vaches de Jersey* et *Les Maladies du cheval.* S'y trouvent aussi plusieurs vieux numéros des *Lectures au coin du feu* datant des années 1850-1854 ainsi qu'une pile de planches en couleurs représentant les plans de la future Exposition universelle de 1893 à Chicago.

Ainsi passe le temps, dans une farandole de moments de franche gaieté, jusqu'à ce qu'on vous appelle à table. Là, il serait injuste de continuer à chicaner. Le déjeuner est largement à la hauteur de ses promesses. Si un Noël à l'ancienne pouvait consister uniquement en un déjeuner, sans les chambres à coucher à l'ancienne, le broc d'eau à l'ancienne et les divertissements à l'ancienne, nous autres pessimistes professionnels n'aurions plus la moindre cuisse de dinde à ronger. Mais, comme nous l'avons fait remarquer, il est tout à fait possible de s'offrir un bon déjeuner de Noël sans avoir à monter jusqu'à East Russet, Vermont – ou alors, si ce n'était pas le cas, c'est toute notre civilisation qui serait un échec complet.

Or ce déjeuner ne fera que rendre la suite pire encore. Conformément à une vieille coutume de l'espèce humaine, tout le monde mange beaucoup trop. Délibérément, avec un plaisir non dissimulé, vous vous installez à table et déclarez plaisamment :

– Mon Dieu, mais je ne serai plus capable de me lever après ça. Alors je reprendrai juste un petit morceau de viande, je vous prie, grand-père, avec un petit peu de farce. Oh, mon cher, c'est beaucoup trop !

Vous n'avez même pas l'excuse du type ivre, qui n'a plus conscience de ses excès après plusieurs verres. Vous savez très bien ce que vous faites, et pourtant vous le prenez à la légère, vous vous en amusez même, du moins aussi longtemps que vous *pourrez* en rire sans faire craquer une couture de votre pantalon.

Puis vous vous levez de table et allez vous affaler dans un fauteuil en soupirant. Si vous vous trouviez dans un bon Noël moderne, vous pourriez au moins aller voir un film, ou sortir faire un tour, à pied ou en voiture, mais dans le véritable Noël à l'ancienne vous êtes condamné à rester à proximité de la maison, car dans le temps il n'y avait ni cinéma, ni automobile et, si vous vouliez aller vous promener, vous deviez d'abord demander à votre homme de peine de passer devant vous avec une pelle pour creuser un tunnel dans la neige. Il y a probablement des tas de choses à faire à la campagne de nos jours, et tout autant de voitures et de lumières électriques qu'en ville, mais vous ne pourriez pas profiter de tous ces progrès en le qualifiant de « Noël à l'ancienne ». Ce serait de la triche.

Or, si vous tenez à faire les choses comme il faut, vous devez retourner dans le séjour après le déjeuner et vous *asseoir*. Bien sûr, vous pouvez aussi sortir et jouer dans la neige si ça vous dit, sauf que vous savez aussi bien que moi que ce truc de jouer dans la neige, c'est très bien quand on est petit, mais un peu pénible une fois passée la trentaine. Et puis, de toute manière, il se met toujours à neiger dru vers les trois heures de l'après-midi un jour de Noël à l'ancienne, avec un bon vieux ciel plombé des plus réjouissants par là-dessus et un bon vieux vent des familles qui tourbillonne gaiement autour de la maison.

Non, vous devez simplement vous asseoir à l'intérieur, au coin du feu si vous y tenez, mais néanmoins sans avoir grand-chose à faire. Les enfants sont somnolents et grognons. Pépé est juste somnolent. Quelqu'un essaie bien d'entamer la conversation, mais tous les autres sont trop repus de nourriture pour être capables de mouvoir suffisamment leur mâchoire inférieure afin d'articuler. Il s'avère en outre que la famille est l'heureuse propriétaire de l'horloge la plus bruyante du monde et, jusqu'aux environs de seize heures, le tic-tac s'acharne à battre son propre record sonore. Un compte rendu exact du déroulement des événements donnerait quelque chose comme suit :

– Ho-hum ! Je suis crevé. Je n'aurais pas dû manger autant.

– Tic-tac-tic-tac-tic-tac-tic-tac…

– On se croirait un dimanche, n'est-ce pas ?

– Regardez pépé ! Il s'est endormi.

– Viens là, Junior ! N'embête pas pépé. Laisse-le dormir.

– Tic-tac-tic-tac-tic-tac…

– Junior ! Laisse pépé tranquille ! Tu veux que maman t'enferme dans ta chambre ?

– Ho-hum !

– Tic-tac-tic-tac-tic-tac…

Le tic-tac de l'horloge devient de plus en plus envahissant, jusqu'à ce que, soudain, quelque chose lâche dans votre tête : vous bondissez en poussant un cri, puis vous finissez par étrangler tour à tour chaque membre de la famille, y compris pépé dans son sommeil. Alors, sentant que votre fin est proche, tous les instants chaleureux que vous avez vécus au cours de votre existence vous reviennent en un éclair. Vous vous souvenez de ce chaud dimanche où vous aviez pris le métro jusqu'à Coney Island, de votre voyage au Mexique, des corridas en Espagne.

Vous vous précipitez dehors et foncez dans les congères, marchant jusqu'à vous écrouler d'épuisement. Seul le fait que ce texte s'achève ici vous dispense de mourir de froid, avec en prime le lendemain, dans les journaux, la notice nécrologique suivante : « MORT soudaine, à East Russet, Vermont, d'un Noël à l'ancienne. »

Grandeur et décadence de la carte de vœux

Il y a tout juste vingt-cinq ans (le 21 décembre 1685, pour être exact), un homme nommé Ferderber, après une semaine passée en voyage d'affaires, réalisa soudain qu'il n'avait pas pensé à acheter un seul cadeau de Noël pour sa famille et ses amis. Plus encore, à l'issue de ce voyage, il ne lui restait plus en tout et pour tout que quatre-vingts *cents*, deux talons de billets de théâtre et une chaussure droite.

Alors il découpa des morceaux de papier cartonné à la dimension d'enveloppes et écrivit sur chacune des cartes quelques pensées relatives à la saison. Se sentant encore un peu sonné par son périple, il pensa qu'il serait joli de faire rimer ces pensées même si, comme il l'admit volontiers lui-même, avec un sourire modeste, « je ne suis pas poète ».

La carte que reçut sa tante portait l'inscription suivante :

Juste une petite pensée
Pour un joyeux Noël et une très bonne année.

Il fut tellement satisfait de sa trouvaille qu'il se contenta de la recopier sur les autres cartes. Puis il se prit à son propre jeu et, dans un élan d'enthousiasme, alla jusqu'à dessiner un brin de houx sur chaque carte. Il les posta la veille de Noël et découvrit qu'il lui restait encore vingt-huit *cents* en poche.

Cet homme, ce Ferderber, est aujourd'hui recherché dans trente-deux États du pays au même chef d'accusation : « Création de la menace des cartes de vœux ». Son idée frappa en effet aussitôt l'imagination du public et, dès le Noël suivant, tous ses parents et amis envoyèrent des cartes à leurs parents et amis, car, prenant pour argent comptant le vieux mensonge selon lequel « ce n'est pas tant le cadeau qui compte que l'intention, bla-bla-bla », ils eurent l'impression qu'ils feraient plus plaisir aux gens en leur adressant un geste amical qu'un vilain petit cadeau. Certes, pendant un temps, cette nouvelle coutume apporta un réel soulagement.

Mais la situation ne tarda pas à devenir incontrôlable. De grandes entreprises fabriquant des cartes de vœux poussèrent comme des champignons à travers tout le pays, s'arrachant à prix d'or les sites industriels jouxtant une voie ferrée dédiée au fret pour y installer leurs usines. Des millions et des millions de cartes furent imprimées, et des millions et des millions de personnes se mirent à se les envoyer les unes aux autres. Aux environs du 15 décembre, la nuée néfaste se propagea et, telles des sauterelles, les enveloppes commencèrent à s'abattre sur la poste. Soixante-quinze mille facteurs supplémentaires furent embauchés mais, en fin de compte, le gouvernement dut se résoudre à réquisitionner tous les hommes de moins de vingt-cinq ans qui n'avaient pas les pieds plats. Or, même avec ces renforts, toutes les cartes de vœux de Noël ne purent être délivrées avant le Jour de l'an, et entre-temps le flot des cartes de vœux du Nouvel An s'était déversé, car tous ceux qui en avaient reçu pour Noël de la part de gens à qui ils avaient omis d'en envoyer se précipitèrent pour acheter des cartes de vœux de bonne année afin de les leur poster la semaine suivante, comme si c'était ce qu'ils avaient prévu de faire depuis le début.

Il devint bientôt impossible de lire toutes ces cartes, et finalement même de les ouvrir. De grosses piles d'enveloppes fermées recouvrirent les bureaux et les tables des salons dans tout le pays. Certains citoyens parmi les plus riches firent construire devant leur maison des glissières, dans lesquelles les facteurs balançaient les cartes qui atterrissaient alors directement dans le fourneau. En revanche, les gens plus pauvres, qui n'avaient pas les moyens de convertir par ce procédé leur courrier en combustible, incapables même parfois de se déblayer un passage reliant leur porte d'entrée à la rue, finirent souvent par mourir de faim avant que des provisions ne parviennent jusqu'à eux. L'hiver 1927 fut surnommé l'« Hiver de la Mort rouge », car des familles à travers tout le pays furent ainsi submergées d'enveloppes et périrent avant qu'on puisse leur apporter de l'aide. Dans certaines villes, des incendies se déclenchèrent accidentellement, dont les conséquences furent trop horribles pour qu'on les relate ici.

MISE AU JOUR D'ARTEFACTS D'UNE VALEUR SCIENTIFIQUE INESTIMABLE

Des archéologues qui effectuaient des fouilles dans le Middle West en creusant à travers des monticules d'enveloppes pétrifiées ont récemment mis au jour des documents qui nous apportent un éclairage scientifique sur la nature de ces *objets d'art**. Le motif qui semble avoir été le plus populaire est une cheminée à laquelle sont suspendues des

* En français dans le texte.

chaussettes, avec le slogan, à l'évidence satirique, « Joyeux Noël et Bonne Année ». Les chandelles étaient également fort appréciées comme éléments décoratifs – les chandelles et les cloches. Lorsque des figures humaines sont représentées, elles sont en général très déplaisantes : des hommes petits, gros et barbus, vêtus de rouge ; de jeunes enfants en pyjamas portant des bougies allumées avec une gaieté agressive ; des diligences pleines à craquer de voyageurs ; des balades en traîneau et des descentes en luge, enfin des musiciens de rue cassant les oreilles des résidents avec leurs chants de Noël. Le texte des légendes était d'ordinaire rédigé dans une typographie vieillotte, ce qui les rendait heureusement difficiles, voire impossibles, à déchiffrer.

Selon toute probabilité, la tendance commença à s'inverser lorsque quelqu'un, peut-être même un descendant du Ferderber qui avait déclenché cette vague de détresse dans le pays, eut l'idée de déverser sa bile dans ses cartes de vœux pour Noël. Il se dit que, puisque personne ne les lisait de toute façon, il pouvait aussi bien écrire ce qu'il ressentait réellement – tant qu'il l'écrivait dans une typographie vieillotte. Il en tirerait au moins une satisfaction personnelle. Ainsi, à proximité du sommet de ces monticules de cartes datées de l'ère « Début du XXe Siècle », on en a découvert plusieurs de cet ordre.

On a par exemple l'image d'une guirlande de houx avec un gros marteau planté dedans et la légende suivante :

Meilleurs vœux de rougeole.
Noël 1931.

Une autre montre une petite chaumière nichée au sommet d'une colline enneigée qu'éclaire le soleil couchant. Sur la chaumière, une pancarte où est écrit : « À vendre ». Le sentiment exprimé dans les vœux était le suivant :

Paix sur terre aux hommes de bonne volonté…
Hé ! hé ! hé !

Une carte du Nouvel An, rehaussée de l'inscription « Meilleurs vœux » en relief, était libellée comme suit :

Si je ne vous vois pas en 1933,
1934 sera bien assez tôt pour moi.

Aussitôt que cette mode se mit à prendre, la tendance s'inversa complètement. Les sentiments exprimés, jusqu'alors modérément grinçants, devinrent graduellement de plus en plus agressifs.

On a retrouvé une carte, datée de 1938, qui disait :

En cette veille de Noël, je veux que tu sois conscient
Que si tu ne déposes pas 50 000 $ dans la boîte 115 avant le Nouvel An,
Je vendrai tes lettres, espèce d'escroc, au plus offrant.

Une autre, au milieu d'une couronne de gui, portait cette légende fort explicite :

Surveille ta femme.

Il n'y avait plus guère qu'un pas à franchir pour en arriver aux insultes et aux obscénités ; aussi, à ce stade, les ligues de vertu s'interposèrent. Elles menèrent une campagne dans tout le pays qui, à la différence d'autres campagnes de tempérance, reçut le soutien de la majorité de la population. Une année à peine suffit pour convaincre les deux tiers requis du corps législatif fédéral de consentir à voter un amendement à la Constitution interdisant la fabrication et la vente de cartes de vœux. Comme on pouvait s'y attendre, cette loi fut suivie d'une brève période de développement de la contrebande, mais ce marché noir ne suscita jamais de réel enthousiasme et finit à son tour par disparaître.

Ce qui précède n'est en fait qu'un bref rappel historique de ce qui a été accompli par le passé, afin de préparer le lancement d'une campagne de grande envergure contre la fabrication et la vente de tous les cadeaux de Noël, à l'exception des jouets. Ce que nos pères ont accompli, nous pouvons nous aussi l'accomplir !

La fête des petits

Le point de vue d'un enfant sur toute l'affaire

Stephen a deux ans et demi, et il a certaines raisons bien précises de vouloir mener à son terme l'opération consistant à faire passer un vieil anneau en fer autour d'une montre de gousset cassée. Dans son lit d'enfant, il y travaille depuis cinq heures du matin, et il est à peine six heures et demie quand le Chef de famille entre dans la chambre, vêtu d'un peignoir et de pantoufles fort peu seyants, et déclare avec une gaieté forcée :

– Eh bien, mon bonhomme, que dirais-tu maintenant de venir voir en bas ce que Papa Noël a bien pu apporter ?

Depuis plusieurs semaines déjà, ce « Papa Noël » revient sans arrêt sur le tapis, mais rien de bien intéressant. Il paraîtrait qu'il entre dans la maison en descendant par la cheminée, ou un truc du genre, ce qui est de toute évidence un mensonge. Et même si c'était le cas, qu'est-ce que ça pourrait bien faire ?

Cependant, le Chef de famille et son Épouse semblent prendre beaucoup de plaisir à parler de cette histoire et en tirer une sorte d'émerveillement naïf ; alors mieux vaut ne pas les froisser et simuler l'intérêt.

C'est quand même un sale coup d'être arraché à un travail important et traîné en bas pour se lancer dans une spéculation purement hypothétique sur ce que ce « Papa Noël » pourrait avoir – ou ne pas avoir – apporté. Des conversations préalables sur le sujet, il était clairement ressorti que ce « vieux bonhomme jovial » se réservait une marge d'appréciation considérable pour juger si certains enfants recevraient des cadeaux ou non, cette décision dépendant du fait de savoir s'ils avaient ou non été ce qu'on appelle techniquement de « bons garçons » au cours des deux semaines précédentes. Or il suffit à Stephen de se remémorer brièvement sa conduite lors des quinze derniers jours pour se convaincre que ses chances sont trop minces et ne valent pas la peine de sortir du lit pour descendre vérifier.

Mais il n'a pas vraiment le choix, car on le prend à bras-le-corps (un geste franchement lâche de la part de ce gros tyran de Chef de famille, qui tire avantage de sa taille) et on le transporte au rez-de-chaussée, où un grand arbre brillant de mille feux se dresse devant la cheminée. Bon, même si la présence d'un arbre à l'intérieur de la maison est ridicule, il faut reconnaître que toutes ces lumières colorées sont assez chouettes. Serait il possible qu'en en serrant une la couleur s'écoule sur la main, et de là puisse être transférée sur la figure, comme avec la confiture ou la peinture ? Bon, la seule manière de le découvrir, c'est d'essayer, alors allons-y.

– Non, non, Stephen ! Pas toucher lumières ! (Pourquoi ces gens tiennent-ils *absolument* à faire l'élision des articles définis chaque fois qu'ils parlent à quelqu'un qui a dix ans de moins qu'eux ? Croient-ils se faire mieux comprendre de la sorte ? Ils ne font que se ridiculiser, c'est tout.) Là, regarde ce gros gentil toutou ouah-ouah que Papa Noël a apporté à Stephen ! (Écœurant, n'est-ce pas ?)

Ce « gros gentil toutou ouah-ouah » se révèle totalement décevant. D'abord, il est trop gros. Et puis, surtout, il n'y a aucune partie avec un trou dedans, comme cet anneau (d'ailleurs, où est-il passé, cet anneau ?), qui permettrait de l'enfiler autour d'une montre de gousset. Dans ce monde, il n'y a que deux types de choses : celles qu'on peut enfiler autour d'une montre de gousset et les autres (sans intérêt).

Ensuite, le Chef de famille extrait d'un paquet une sorte de joueur de banjo mécanique, qu'il faut remonter et regarder sautiller. Le Chef de famille a l'air de trouver ce truc formidable. Il le fait fonctionner puis dit :

– Regarde-moi donc ça, Doris !

Stephen tente bien d'essayer à son tour, mais il s'avère que seule une grande personne a le droit de le faire marcher. Or, si on ne peut pas faire marcher un truc soi-même, où est l'intérêt de jouer avec ?

– Eh bien dis donc, on dirait que Papa Noël a été très généreux avec toi, dit une voisine qui est venue voir Stephen au milieu de ses cadeaux. J'adore regarder leurs bouilles ravies quand ils découvrent tous ces nouveaux jouets, ajoute-t-elle.

Cependant, quiconque observerait le visage de Stephen n'y détecterait rien de bien animé, sinon une vague expression de dégoût envers le Chef de famille, en train de se donner en spectacle avec le joueur de banjo mécanique.

Ce cirque se poursuit un certain temps : chacune leur tour, des grandes personnes s'approchent et secouent un nouveau machin stupide devant le visage de Stephen en disant : « Oh, regarde, ’Teven ! » (la prochaine qui l’appelle encore « ’Teven » va s’en prendre une bonne dans la figure – elle ne l’aura pas vu venir), avant de s’éloigner pour jouer elles-mêmes avec.

Il n’y a que deux choses au monde que Stephen voudrait faire. La première est d’essayer de choper ces lumières. Et l’autre est de finir d’enfiler le vieil anneau en fer autour de la montre de gousset. Les lumières sont hors d’atteinte pour l’instant, mais pas l’anneau. Tout ce qu’il reste à faire, c’est ramper jusqu’en haut des marches sans faire de bruit, puis dans la chambre (les jouets mécaniques font tellement de boucan que personne ne remarquera) et là, sur le plancher, se trouve le meilleur petit jouet jamais fabriqué par Dieu. Ça, c’est un jouet !

À présent, il est temps de se remettre à la tâche. Après tout, Noël a été inventé pour les grandes personnes. Nous autres avons des choses sérieuses à faire.

Le cambrioleur de Noël d'Editha

C'était la nuit de Noël et Editha était bien trop agitée pour dormir. Tout était si excitant, si excitant ! De son petit lit, dans sa chambre à l'étage, elle entendait maman et papa en bas, qui s'affairaient à décorer le sapin et à remplir ses chaussettes d'oranges et de sucres d'orge cassés.

– Chut !

C'était la voix de papa, qui s'adressait à maman.

– Eva, ce serait quand même un peu idiot de mettre cette pièce d'or de dix dollars que tante Issac a envoyée à Editha dans ses chaussettes. Elle est trop jeune pour se rendre compte de la valeur de l'argent. Pour elle, ce n'est qu'une babiole. Et si on l'ajoutait plutôt à notre cagnotte du mois ? Après tout,

Editha mangera une partie des provisions qu'on achètera avec, et ça nous fera dix dollars de gagnés.

Ce cher vieux papa ! Toujours une pensée pour les autres ! Editha dut se refréner afin de ne pas bondir aussitôt de son lit et dévaler l'escalier pour aller se jeter au cou de son père, quitte à lui couper le sifflet.

– Tu as raison, Hal, comme toujours, dit maman. Donne-moi la pièce d'or, je vais la mettre dans notre cagnotte.

– Te la donner ? Dans tes rêves, répliqua papa. Tu la planquerais dans un coin jusqu'à ce qu'on l'oublie et après tu irais t'acheter un manchon avec. Je te connais, va, vieille pie.

Se fiant au son qui suivit, Editha comprit que maman donnait un gros bisou à papa. Avait-il jamais existé une petite fille qui avait la chance d'avoir des parents si aimants ? Alors, serrant son nounours sur son cœur, Editha se lova dans son lit et s'endormit.

Elle se réveilla en sursaut avec l'impression qu'il y avait quelqu'un au rez-de-chaussée.

La chambre était plongée dans le noir. Le réveil luminescent qui se trouvait à son chevet indiquait huit heures mais, vu que ce réveil ne marchait plus depuis Pâques, Editha savait que ce n'était pas l'heure exacte. Cependant elle supposa qu'il devait être entre trois et quatre heures du matin, car la couverture avait glissé de son lit, or la couverture glissait toujours de son lit entre trois et quatre heures du matin.

À présent, restait à savoir qui se trouvait en bas. D'abord, elle pensa qu'il pouvait s'agir de papa. Papa veillait souvent jusque très tard, pour s'occuper de ses affaires de bouteilles de scotch et, quand c'était le cas, de sa chambre elle l'entendait compter tout haut. Mais la personne qui se trouvait actuellement en bas était très discrète. Editha ne détectait sa présence que lorsqu'elle se cognait contre le vaisselier ou faisait s'entrechoquer la batterie de cuisine. De toute évidence, cette personne était étrangère à la maison.

Bien sûr, peut-être que les vieux avaient vu juste depuis le début et que le Père

Noël existait vraiment, mais Editha écarta sur-le-champ cette hypothèse. Les vieux s'étaient toujours trompés jusque-là, alors quelle chance y avait-il qu'ils se mettent à avoir raison maintenant, à leur âge ? Aucune. Ce ne pouvait pas être Papa Noël, ce vieux bonhomme jovial !

Mais alors, ce devait être un cambrioleur ! Oui, c'était certain ! Quoi de plus commun ? Des cambrioleurs s'introduisaient tout le temps dans les maisons le soir de Noël, et des petites filles blondes se levaient, descendaient en chemise de nuit et les obligeaient à faire amende honorable. Évidemment ! Quelle tête de linotte, cette Editha, de ne pas y avoir pensé plus tôt !

D'un bond, l'enfant posa les pieds sur le sol glacé ; d'un autre bond, elle se remit au lit. Il faisait décidément trop froid pour se balader pieds nus. Elle se pencha sur le côté du lit pour attraper les petites pantoufles fourrées que la cousine Mabel avait oubliées la dernière fois qu'elle était venue rendre visite à Editha, puis les enfila sur ses petons. Cette fois, elle sortit du lit pour de bon et se dirigea en catimini vers l'escalier.

Elle espérait que son cambrioleur aurait belle allure et serait facile à convertir, parce qu'il faisait vraiment un froid de canard, même avec des pantoufles, et qu'elle n'avait pas l'intention d'y passer la nuit.

Une fois arrivée en haut de l'escalier, elle jeta un coup d'œil dans le séjour, baigné d'une pénombre grisâtre d'où se détachait la forme plus foncée de l'arbre planté devant la maison. Dans l'encadrement de la porte qui menait à la salle à manger, elle distingua la silhouette d'un homme, éclairée par une lanterne de cambrioleur à l'ancienne posée sur le sol. Il était en train de farfouiller dans l'argenterie. À pas de loup, Editha descendit l'escalier jusqu'à se retrouver tout près de lui.

– Bonjour, monsieur le voleur ! dit-elle.

Surpris, le cambrioleur leva les yeux et posa la main sur la crosse de son pistolet.

– Bon sang, t'es qui, toi ? demanda-t-il.

– J'suis Editha, répondit la petite fille en s'efforçant de prendre sa voix la plus douce, ce qui n'était pas gagné car elle n'avait pas une très jolie voix.

– Editha, c'est ça ton blase ? dit le cambrioleur. Hé, viens voir un peu par ici. Papi veut te dire un truc.

– Mon œil, z'êtes pas mon papi, répliqua la fillette, s'emmêlant un peu les pinceaux entre son langage de bébé et son argot de dure à cuire. Z'êtes un méchant vilain cambrioleur.

– OK, gamine, répondit l'homme. Comme tu voudras. Mais viens donc voir ici. J'veux t'montrer comment qu'on peut faire sortir d'la fumée par ses yeux. C'est un jeu de Noël.

« Ce type, je l'ai quasiment dans la poche, se dit Editha en son for intérieur. Il commence déjà à vouloir m'apprendre des jeux. Il ne va pas tarder à me dire que je lui rappelle sa propre petite fille. »

C'est donc le cœur léger qu'elle descendit les dernières marches et se retrouva face au fruste étranger.

– Assis, Editha, dit-il en poussant vigoureusement la fillette qui s'affala lourdement par terre. Et tu bouges pas, sinon j't'en colle une bonne dans l'pif.

Les choses ne se déroulaient pas tout à fait comme Editha l'avait lu dans les livres, mais c'était sans aucun doute sa manière à lui de s'amuser un peu. Et puis, ce cambrioleur avait *vraiment* un regard gentil.

– C'est très vilain d'faire ça, le morigéna-t-elle.

– Ah ouais ? fit le cambrioleur en l'envoyant valser contre le mur. Toi, la môme, j'crois qu'y va falloir t'avoir à l'œil. On peut pas t'faire confiance.

Sur ces mots, il gifla la petite fille. Puis il sortit un morceau de corde de son sac, la ligota en serrant bien fort, noua un joli mouchoir coloré autour de sa bouche et la suspendit au lustre.

– Maintenant, tu bouges plus, dit-il, t'as qu'à faire comme si t'étais un cadeau d'Noël. Et t'as pas intérêt à l'ouvrir, sinon j'te fous l'feu.

Puis, achevant de remplir son sac avec l'argenterie et l'ersatz de sherry de papa, le cambrioleur d'Editha se dirigea sans faire de bruit vers la sortie. Avant de s'en aller, il se retourna et chuchota en souriant :

– Joyeux Noël à tous, et faites de beaux rêves.

Sur ce, il disparut dans la nuit.

Au matin, lorsque maman et papa descendirent l'escalier, Editha était toujours suspendue au lustre, toute ronchonne et endolorie. Alors ils la décrochèrent et lui flanquèrent une bonne fessée pour être sortie du lit sans permission.

L’histoire de fantôme d’oncle Edith

– Raconte-nous une histoire de fantôme, oncle Edith, réclamèrent les enfants à l’unisson en cette fin d’après-midi de Noël, alors que tous s’étaient bien échauffés et énervés.

– Bon, très bien, dit oncle Edith, ce n’est pas une histoire de fantôme bien fameuse, mais vous devrez vous en contenter – et vous avez intérêt à l’aimer, ajouta-t-il gaiement. Si j’entends le moindre murmure pendant que je la raconte, je chope le coupable et je lui flanque une bonne rouste, compris ?

« Bien, pour commencer, mon père était un pauvre bûcheron, et nous vivions dans une cabane de charbonnier au beau milieu d’une vaste forêt ténébreuse.

– Ça, c'est un début de conte de fées, espèce de grosse andouille ! s'écria la petite Dolly, une enfant obèse et désagréable qui n'aurait jamais dû naître. Nous, ce qu'on veut, c'est une histoire de *fantôme*.

– Mais bien sûr ! s'exclama oncle Edith. Quelle vieille bête je fais ! L'histoire de fantôme, c'est celle-ci :

« Un soir, vers la fin novembre, mon ami Warrington m'a abordé au club et m'a dit : "Craige, mon vieux, j'aimerais beaucoup que tu viennes passer le week-end chez moi dans le Whoopshire. J'organise une partie de chasse et il y a de la grouse à foison. Qu'en dis-tu ?"

« J'avais passé la semaine à travailler dur, aussi cette perspective n'était-elle pas pour me déplaire. Le train partait de Charing Cross à quinze heures quarante. Nous voilà donc partis, Warrington et moi, pour le Whoopshire, chargés comme des mules de fusils, de pierres à feu en pagaille et de deux des plus magnifiques cargaisons de spiritueux jamais accumulées dans la joyeuse Albion.

« La nuit tombait lorsque nous avons atteint Breeming Downs, où se trouvait le domicile de Warrington. Tandis que nous gravissions en voiture l'allée sombre qui menait à sa porte, j'ai senti la main de Warrington se poser sur mon bras.

« "Arrête ça tout de suite ! ai-je ordonné d'un ton sans appel. Qu'est-ce que ça veut dire ?

« – Chhhut !" a-t-il répliqué en raffermissant sa prise. Une seule beigne m'a suffi à le renvoyer, sonné, au fond de son siège. Il y a certains comportements que je ne tolère tout simplement pas.

« Il a fini par se ressaisir et s'est expliqué : "Excuse-moi. J'ai un peu perdu mon sang-froid. Tu comprends, on aperçoit une ombre à la fenêtre de la chambre d'amis.

« – Ah bon, et alors ?" ai-je demandé. C'était mon tour d'avoir l'air déconcerté.

« Warrington a baissé la voix. "Chaque fois qu'une ombre apparaît à la fenêtre de la chambre d'amis quand j'amène un invité, on le retrouve mort dans son lit le lendemain matin… Mort de peur", a-t-il précisé d'un ton lourd de sens.

« J'ai levé les yeux vers la fenêtre qu'il désignait du doigt. Là, se dessinant contre la vitre, on apercevait en effet l'ombre d'un homme gigantesque. Je dis "un homme", mais on aurait plutôt dit la silhouette d'une grande belette, sauf qu'elle portait dans son bec une rangée de moulins à claquet rouge sombre.

– Comment tu sais qu'ils étaient rouge sombre, demanda le petit Tom-Tit, si tu ne voyais que l'ombre ?

– Toi, ferme ton clapet, répliqua oncle Edith avant de reprendre : Je pouvais à peine contrôler ma stupéfaction à la vue de cette chose, tellement c'était stupéfiant. "C'est la chambre où je dois dormir ? ai-je demandé à Warrington.

« – Oui, a-t-il répondu. J'en ai bien peur."

« Je n'ai rien ajouté ; je suis descendu de l'automobile et j'ai sorti mes bagages. "Viens, ai-je annoncé gaiement. Je vais monter et braver M. le Fantôme dans son repaire."

« Nous avons donc gravi l'escalier obscur et venteux et nos pas ont résonné dans les couloirs de cette vieille demeure du XVIIe siècle, jusqu'à ce que nous arrivions devant une porte que Warrington a désignée comme celle de ma chambre. J'ai frappé.

« Un cri perçant a retenti à l'intérieur au moment précis où nous ouvrions la porte. Mais, quand nous sommes entrés, il n'y avait personne. Nous avons fouillé la pièce de fond en comble, sans trouver le moindre signe de l'homme dont l'ombre nous était apparue. Nous n'avons pu découvrir non plus l'origine de ce cri à glacer le sang, alors même que son écho résonnait encore à nos oreilles.

« "On s'est sans doute fait des idées, a dit Warrington d'une voix enjouée. Ce n'était peut-être que le bruit du vent dans les arbres, a-t-il ajouté.

« – Mais l'ombre à la fenêtre ?" ai-je demandé.

« Il a indiqué du doigt une savonnette de forme curieuse à l'usage des invités, posée sur le rebord du lavabo. "La lumière l'éclairait par-derrière, alors de l'extérieur on l'aura prise pour un homme.

« – Tu as sans doute raison", ai-je dit, mais je voyais bien que Warrington était pâle comme un linge.

« "Tu as besoin de quelque chose ? a-t-il demandé. Le petit-déjeuner est à neuf heures… si tu as de la chance, a-t-il ajouté sur le ton de la blague.

« – Je crois que j'ai tout ce qu'il me faut, ai-je dit. Je vais lire un peu avant de dormir, et peut-être ranger mes vêtements… Mais attends une minute, l'ai-je rappelé ; tu pourrais me laisser ce revolver que je vois dépasser de ta poche, non ? J'en aurai sans doute plus besoin que toi."

« Il m'a donné une tape dans le dos et m'a obligeamment tendu le revolver. "Ne joue pas à souffler dans le canon, a-t-il conseillé avec un petit rire nerveux.

« – Combien de personnes au juste sont mortes de peur dans cette chambre ? ai-je demandé en feuilletant nonchalamment un exemplaire de *Maisons et jardins*.

« – Sept, a-t-il répondu. Quatre hommes et trois femmes.

« – Et la dernière, c'était quand ?

« – Hier soir, a-t-il dit.

« – Je prendrais bien un verre d'eau chaude avec mon petit-déjeuner, si c'est possible, ai-je dit. Ça réchauffe l'estomac.

« – Il n'y a rien de tel, en effet", a-t-il admis, avant de partir.

« Très soigneusement, j'ai défait mes valises et je me suis couché. J'ai placé le revolver sur la table de nuit juste à côté de mon oreiller. Puis je me suis mis à lire.

« Soudain, la porte du cabinet de toilette située à l'autre bout de la chambre s'est ouverte tout doucement. Il était plongé dans l'obscurité, aussi ne pouvais-je distinguer la présence ou non d'une silhouette. Mais je n'ai rien vu en sortir. Cependant, la porte s'est refermée et j'ai entendu distinctement des pas s'enfoncer dans la moquette et avancer en direction de mon lit. Une chaise placée à mi-chemin entre le cabinet de toilette et l'endroit où je me trouvais a bougé, comme dérangée par une jambe invisible et, simultanément, la fenêtre s'est refermée en claquant et le store s'est déroulé. J'ai tourné les yeux vers la fenêtre et là, contre le store, comme projetée *de l'extérieur*, se trouvait la même ombre que nous avions vue à notre arrivée.

– Je dois aller faire pipi, dit le petit Roger, âgé de six ans, à cet instant précis.

– Eh bien, vas-y, dit oncle Edith. Tu sais où sont les toilettes.

– Je ne veux pas y aller tout seul, pleurnicha Roger.

– Accompagne-le, Arthur, ordonna oncle Edith, et rapporte-moi un verre d'eau en revenant.

– Et c'était quoi, cette chose horrible qu'il y avait dans ta chambre, oncle Edith ? demandèrent d'une seule voix les autres enfants lorsque Roger et Arthur eurent quitté la pièce.

– Je ne peux pas vous le dire, répondit oncle Edith, parce que j'ai aussitôt remballé ma valise et filé pour attraper le train de neuf heures quarante qui m'a ramené en ville.

– C'est l'histoire de fantôme la plus nase que j'ai jamais entendue, dit Peterkin.

Ils étaient tous du même avis.

Un autre conte de Noël d'oncle Edith

– Je crois que le moment est venu de vous raconter un bon vieux conte de Noël traditionnel sur les océans déchaînés, dit oncle Edith.

– Oh, la barbe ! s'exclama le petit Philip.

– Très bien, comme tu voudras, répliqua oncle Edith, mais je le raconterai quand même. Je ne vais pas me laisser intimider par un morveux de trois ans. Où en étais-je ?

– Comme je te connais, tu devais être affalé sur le cul, les quatre fers en l'air, dit Marian, une petite fille dont la chevelure d'or était coiffée avec un affreux ruban orange.

– Tu as probablement raison, j'imagine, dit oncle Edith, mais qui suis-je pour l'affirmer ? En tout cas, ce que je sais, c'est que nous avons appareillé du port de Nahant en ce 14 de mars…

– Tu parles dans quelle langue ? demanda le petit Philip. « Ce 14 de mars »…

– Ce 14 *du mois* de mars, alors, reprit oncle Edith – et si vous ne la fermez pas je continuerai quand même cette histoire jusqu'au bout. Vous n'arriverez pas à m'intimider.

– Bon, finissons-en, dit le petit Philip, qui saignait assez abondamment d'une blessure à la tête infligée par oncle Edith quelques secondes auparavant.

– Nous avons pris la mer de Nahant le 14 *du mois* de mars (nia nia nia) sur le fier vaisseau *Patience W. Littbaum*, avec une cargaison de vieilles loques à destination d'Algésiras.

– Fin de l'histoire ! annonça Marian d'une voix gutturale de baryton.

– Ce n'est *pas* la fin de l'histoire, et je traînerai devant les tribunaux quiconque osera prétendre le contraire, s'irrita oncle Edith. Vous vous en rendrez bien compte, quand l'histoire sera finie : ce sera quand je m'écroulerai de fatigue. Maintenant, restez sages ou oncle Edith vous fait une bonne grosse bosse sur le front.

– Je meurs d'impatience, marmonna le petit Philip – ou un autre de ces gosses infernaux, qu'importe, je n'arrive pas à les distinguer les uns des autres, tellement ils se ressemblent tous.

– À bord, poursuivit oncle Edith, à bord il y avait moi, au poste de commandant…

– … de requin *(un murmure)*.

– … Lars Jannssenn, mon second ; Max Schnirr, le lieutenant ; Enoch Olds, troisième base ; et un équipage de sept matelots dont les noms ne vous diraient rien. Enfin bref, voilà pour les protagonistes.

« Les sept cent neuf premiers jours en mer se sont déroulés sans incident notable. Le fabricant de voiles (un homme qui s'appelait Voilier, assez bizarrement) avait confectionné onze voiles, mais, comme nous n'avions pas d'autre bateau pour les installer, et que nos propres voiles étaient en parfait état, nous avons dû les jeter par-dessus bord. Cette décision a provoqué un certain mécontentement parmi les hommes, et des rumeurs de mutinerie ont commencé à se propager. J'ai toutefois envoyé un reporter parler aux matelots, et les rumeurs n'ont pu être confirmées ; j'ai donc mis un terme à cette affaire. PAS DE MUTINERIE, c'est le gros titre que j'ai fait imprimer en première page du journal du navire cette nuit-là et, au final, tout le monde était content.

– Toi, espèce de merveilleuse grosse bête, dit Marian en passant sa menue menotte dans les cheveux d'oncle Edith.

– Oh, ce n'était rien, dit oncle Edith – et tous les enfants convinrent qu'en effet ce n'était rien.

– Cependant, continua le vieux porc salé, à bord, nous sentions tous que quelque chose ne tournait pas rond. Nous nous trouvions à ce moment-là à 78 degrés de lat. et 78 degrés de long., qui s'annulaient l'une l'autre, ce qui nous ramenait tout droit à notre point de départ…

– Ah non ! Ne me dites qu'on va revenir à Nahant, gémit le petit Philip, désespéré.

– Pas exactement à Nahant, précisa oncle Edith, mais à portée d'un navire nahantais.

– Tu as choisi le port de Nahant exprès pour placer ce jeu de mots minable, dit Primrose, qui s'était abstenue de prendre part à la conversation jusque-là, car elle n'était pas encore née.

– Dieu m'en est témoin, ça m'est venu *comme ça* ! jura oncle Edith en faisant claquer un de ses doigts qui se cassa sur le coup. Le navire 'hantais se trouvait tout près de nous, par tribord avant, et paraissait occupé par un équipage de moustiques. Pourtant, quand nous nous sommes approchés bord à bord, nous avons constaté qu'il n'y avait pas âme qui vive. Pas âme qui vive.

– C'est la deuxième fois que tu le dis, fit remarquer le petit – comment s'appelle-t-il déjà ? – Philip.

– "À l'abordage !" ai-je ordonné à l'équipage. Et tous de se ruer sur le navire abandonné. En un clin d'œil, nous étions sur le pont et nous avons fouillé le vaisseau désert dans ses moindres recoins. Nos recherches se sont cependant révélées infructueuses. Nous avons bien trouvé le journal de bord dans la timonerie, mais, vu qu'il comportait comme dernière entrée la notation suivante : « Temps chaud et ensoleillé. Billy a dit qu'il ne m'aimait pas autant qu'il aime Anna », nous l'avons écarté comme source d'informations fiable sur ce qui s'était passé. Dans la cuisine, nous avons trouvé un œuf sur le plat, qui n'était cuit que sur une face, et un vieux bosco qui n'était plus bon à rien ni à personne. Mis à part ces deux choses, le mystère demeurait presque entier.

– Même si je n'en ai rien à fiche, dit Marian, c'était quoi, l'explication de ce mystère presque entier ?

– Si tu fermais ton clapet, répliqua oncle Edith, je pourrais te le dire. Comme je ne vous l'ai peut-être pas déjà précisé, le navire mystérieux était bondé de mercenaires allemands endormis, comme ceux que les Anglais avaient engagés pour combattre les colons pendant la guerre d'indépendance. Leurs uniformes rouges et leurs perruques poudrées leur donnaient un air très pimpant et, s'ils avaient été réveillés, ils auraient peut-être pu nous aider à résoudre le problème auquel nous étions présentement confrontés.

« "Qu'est-ce que je dois faire, cap' ? a demandé Lars Jannssenn, qui avait entre-temps été promu au rang de commissaire de bord.

« – Qu'est-ce que tu *aimerais* faire, Lars ? ai-je rétorqué.

« – Moi, j'aimerais pouvoir faire trois vœux, a-t-il répondu – ce qui était une réponse typiquement scandinave (Lars avait appartenu à la Scandi-Navy avant de se joindre à nous).

« – Exaucés, ai-je assuré, sur un coup de tête. Tu prends tes trois vœux, tu les mets dans ton chapeau et tu le rabats sur tes oreilles. Autre chose ?"

« Soudain, un cri a retenti, quelque part dans l'entrepont. Des cris, j'en avais entendu dans ma vie, mais jamais rien de comparable à celui-là. Il faisait noir à présent, et beaucoup de couples en profitaient pour se bécoter dans les canots de sauvetage. Mais ce cri était différent. Il n'avait rien d'humain. Il provenait des entrailles du navire – et vous savez comme moi que c'est toujours mauvais signe.

« “Tout le monde en bas !” ai-je crié.

Juste au moment où tout le moment se précipitait vers les écoutilles, on a entendu une grande explosion, qui provenait apparemment du foc.

« “Tout le monde au foc ! ai-je alors crié, dans l'excitation du moment.

« – C'est quoi, ce bordel – un jeu ? a demandé l'équipage comme un seul homme.

« – C'est moi le capitaine ici, ai-je répliqué, retournant la situation à mon avantage, alors on ne conteste pas mes ordres ! À l'avenir, je vous serais reconnaissant de bien vous l'enfoncer dans le crâne.”

« Bon, ce truc a duré encore des heures. Nous avons exploré le navire de long en large, en jetant les mercenaires allemands par-dessus bord au passage, jusqu'à ce que le cuisinier finisse par s'approcher de moi pour me dire : "Cap', j'en ai franchement marre de ce cirque. Y a-t-il de bonnes raisons – ou pas – pour qu'on doive se comporter comme une bande d'écoliers ?"

« C'était une sacrée colle. J'ai rameuté l'équipage et nous avons décidé de retourner sur le *Patience W. Littbaum*. Mais, en regardant par-dessus bord, nous avons fait une découverte très suspecte. Le *Patience W. Littbaum* avait disparu !

– Je n'en crois pas un mot ! dit le petit Philip, de sa cellule.

Oncle Edith lui rétorqua d'une voix cinglante :

– Je pensais t'avoir mis aux fers.

– Tu penses beaucoup, répliqua le petit Philip.

Tout le monde dans le casino éclata de rire, alors que c'était une repartie plutôt nulle, même pour un gamin de trois ans.

– Très bien, alors, dit oncle Edith. Je regrette que tu prennes les choses de cette façon. Car j'étais juste sur le point de terminer l'histoire en racontant que nous avons réussi à ramener le navire mystérieux jusqu'à Nahant.

– Et qu'est-ce que Noël vient faire là-dedans ? se mit à protester d'une voix flûtée Marian, qui n'avait pas écouté un traître mot de l'histoire d'oncle Edith.

– Mais qui vous a dit que mon histoire avait un rapport avec Noël, nom d'une pipe ? s'exclama oncle Edith, furieux.

Oui, nom d'une pipe, qui donc ?

Une pantomime de Noël

Pour petits et grands, ou ni l'un ni l'autre

La scène se déroule sur une plaine enneigée, à la périphérie de Wilkes-Barre, dans la vallée du Wyoming.

Les personnages de cette pantomime sont :

Pierrot . . . . un pierrot
Colombine . . . . un pierrot
Ciboulette . . . . un pierrot
Rintintin . . . . un pierrot
La petite Laura. . . . . .qui rêve le rêve.

Lorsque le rideau s'ouvre, il y a apparemment un truc qui cloche ; on doit donc le refermer aussitôt. Vingt-cinq minutes d'attente avant que le rideau s'ouvre à nouveau.

Lorsque le rideau s'ouvre, PIERROT est surpris en train de se rincer le gosier en cachette. Découvrant qu'on l'a vu faire, il planque la bouteille en vitesse.

Entre COLOMBINE, d'une démarche maladroite. Elle s'approche de PIERROT en dansant et fait mine de vouloir l'embrasser, mais il lui en flanque une belle juste sous l'œil et l'envoie au tapis, K.-O. Trois mille gnomes entrent alors et la traînent hors de la scène. Un gnome (ALASKA) reste à la traîne et danse un peu.

Fin du spectacle : tout le monde dehors !

Tout bien réfléchi, je ne crois pas qu'une pantomime de Noël soit indispensable. On en trouve un peu partout, des pantomimes de Noël, *si l'envie nous en prend*, non ? Alors laissons tomber cette histoire de pantomime de Noël. Contentons-nous de prendre du bon temps et d'aller nous coucher tôt.

Si on racontait des histoires de Noël, plutôt !

J'en connais une très bien. On raconte qu'un jour, tard le soir du 24 décembre, un homme frappa à la porte d'un fermier et lui demanda s'il pouvait l'héberger pour la nuit.

« Ich habe kein Zimmern, sagte der Farmer, aber Sie können mit Baby schlafen. » (« Je n'ai pas de chambre libre, dit le fermier, mais vous pouvez dormir avec le bébé si vous voulez. ») Alors l'homme…

Zut ! Je crois me rappeler que cette histoire n'a aucun rapport avec Noël, en fait. Bien sûr, on pourrait faire comme si, en racontant que l'homme a frappé chez le fermier le soir du réveillon. Mais la vérité, c'est que l'histoire originale ne se passe pas du tout la veille de Noël, et je ne voudrais pas vous mentir.

Les jeux, tiens ! Ça, c'est une bonne idée pour le réveillon. J'en connais des très biens. Il y en a un auquel on avait l'habitude de jouer quand on était gosses, qui s'appelait « la pêche à pépé ». Tout ce qu'il vous faut, c'est une grande baignoire pleine d'eau – ou de gin – et un grand-père. Pépé entre dans la baignoire et plonge la tête sous l'eau. Puis tout le monde sort de la pièce sur la pointe des pieds et va au cinéma. Il faut que vous soyez rentrés au plus tard à onze heures et demie. Alors, vous faites tous irruption en pagaille dans la pièce et vous surprenez le vieux monsieur.

Bon, je ne sais plus, en fin de compte ; la pantomime était peut-être une meilleure option… L'esprit de Noël est quand même plus présent dans une pantomime. Revenons en arrière et reprenons le fil de cette bonne vieille pantomime. Vous vous en souvenez, j'espère ?

CIBOULETTE fait son entrée en portant un carton sur lequel est écrit : « C'est Noël, alors vous allez être joyeux – et vous allez aimer ça… Chambre du commerce du Pays des jouets. » Elle effectue une petite danse et finit par trouver un bon endroit pour s'éclipser, Dieu merci !

PIERROT se réveille et aperçoit son reflet dans la piscine. Il retourne tout droit se coucher.

Ce qui provoque l'entrée en scène de tous les personnages, hormis RINTINTIN, car on ne trouve aucune raison valable pour le faire intervenir. Mais il insiste et finit par apparaître à son tour, traversant la scène en dansant pour rejoindre l'endroit où PIERROT *est assis. Nous en avons donc fini avec la distribution au complet et, une fois que* PIERROT *a dansé à une ou deux reprises autour de* COLOMBINE *endormie, un peu à la manière d'un bouton de rose en train de se flétrir, ce qu'il prétend incarner, le rideau se referme à nouveau et nous laisse désœuvrés, avec seulement la moitié du réveillon de passé et rien d'autre à faire avant l'heure d'aller se coucher.*

Haut les cœurs ! On pourrait peut-être convaincre M. Rodney de nous raconter des histoires de fantômes. « Monsieur Rodney, s'il vous plaît ! »

M. RODNEY : Bien, les enfants. C'est le réveillon et personne n'a encore entonné de chant de Noël. Si vous voulez bien vous rapprocher et arrêter de vous bécoter, je pourrai au moins commencer… Une minute, il y a quelqu'un à la porte. Répondez, Alfred, c'est sans doute pour vous.

ALFRED : Non, monsieur Rodney, c'est un petit vieux avec un manteau rouge et une barbe blanche qui prétend être le Père Noël.

M. RODNEY : Appelez la police. Qu'ils le mettent au frigo.

À cet instant entre le PÈRE NOËL en personne. C'est un homme grand et maigre, avec des favoris noirs, vêtu d'un imperméable et d'un chapeau melon.

LE PÈRE NOËL : Mon nom est Mortimer, George Pearson Mortimer. Tout un tas d'idiots m'appellent « Père Noël », ce qui me rend dingue. Le Père Noël, ben voyons ! Tout ça parce qu'une année, il y a longtemps, je m'étais un peu saoulé, j'avais loué un traîneau avec quelques rennes et fait le tour de la ville en jetant des cadeaux dans les cheminées. Je me suis fait arrêter au croisement de State et de Market. Quand ils m'ont emmené au poste, je n'ai pas voulu donner mon vrai nom ; alors j'ai dit « Père Noël » – sur le coup, j'ai trouvé ça drôle.

Si vous saviez les *ennuis* que j'ai pu avoir à cause de cette histoire !...

M. RODNEY : Ne seriez-vous pas en train de dire que le Père Noël n'existe pas ?

LE PÈRE NOËL : Si – ou plutôt non !

(M. RODNEY éclate en sanglots.)

M. RODNEY s'arrête de pleurer pour dresser l'oreille.

– Chut ! Qu'est-ce que c'est ? dit-il.

– C'est le soleil sur les marais, monsieur Rodney, répondent-ils tous à l'unisson avant que le rideau ne se referme sur la scène finale de la pantomime.

Dans cette scène, PIERROT s'éveille de nouveau à la vie et revisite les lieux de son enfance, là où il passait Noël il y a bien des années. D'abord, il croise la bonne vieille dinde de Noël, qui est bien trop vieille à présent pour amuser qui que ce soit. Puis il aperçoit la petite-fille-avec-laquelle-il-jouait-pendant-ses-vacances. Elle est désormais mère de trois enfants et s'apprête à se marier. Mais PIERROT semble toujours aussi insatisfait. De toute évidence, il recherche désespérément quelque chose. Il regarde d'abord dans les poches de sa veste, puis dans celles de son manteau. Il fouille ensuite ses poches de pantalon.

– Qu'est-ce que tu cherches ? demande CIBOULETTE*, posant la question qui brûle les lèvres de toute l'assistance.*

– Je n'arrive pas à me rappeler où j'ai fourré le ticket que la fille du vestiaire m'a donné pour mon chapeau et mon manteau, répond-il. J'aurais juré que je l'avais mis là, avec mes vieux talons de billets de théâtre.

– Je ne vous ai pas donné de ticket, dit la fille du vestiaire. Je vous connais.

PIERROT *rit de bon cœur de son erreur tandis que le rideau se referme.*

C'est les vacances !

Un conte de Noël

Le soleil brûlant tapait dur sur la Plaza. Le petit Miguel O'Rourke se sentait atrocement mal. Ces *huijos* ! Ce vieux *caballerizo* ! Il n'aurait jamais dû les toucher. Ils n'étaient pas faits pour les petits garçons de cinq ans. Mais, la nuit qui précédait la fête des Cinq Gants, il fallait bien faire quelque chose, ne serait-ce que massacrer un oncle et jeter ses jambes au loin. Août était le mois de la fête des Cinq Gants, et aussi celui de l'amour partout à travers le monde.

Soudain, Miguel fut tiré de son sommeil par un cri rauque ; il se retourna et vit un bûcheron qui s'était apparemment égaré. La pauvre créature était tellement effrayée qu'elle courait dans tous les sens, sans même se soucier de savoir si elle était à pied, à cheval, ou alors si c'était juste un truc pour brouiller les pistes. Les bûcherons vivaient d'ordinaire dans le Maine, comme vous le savez, et là il était presque huit heures et demie passées.

– Où allez-vous donc, docteur Melcher ? demanda Miguel.

Miguel appelait toujours les étrangers « docteur Melcher », car c'était ce docteur Melcher qui, autrefois, lui avait donné ce médicament dégoûtant.

Le vieux bûcheron bourru baissa les yeux sur le petit garçon.

– Ben, mon p'tit gars, dit-il, j'suis pas trop du genre sentimental, comme que tu dois t'en douter, mais ça m'a paru gentil d'apporter que'qu'chose à la p'tite Mouton-de-Poussière, la fille à la chevelure dorée d'mon vieil acolyte qu'a été laissé pour mort avec moi c'te nuit-là, y a onze ans, dans c'te vieille cabane à Caligari.

Tout en parlant, le vieux mineur sortit de sa poche un lance-torpilles miniature avec l'inscription « Je t'aime » peinte dessus.

– C'est pour la p'tite Mouton-de-Poussière, dit-il encore avant de s'évanouir.

C'était une situation bien délicate pour un petit gars de l'âge de Miguel O'Rourke – quel qu'il fût. Comme si se retrouver seul avec un lance-torpilles n'était pas assez pénible, il devait aussi décider quoi faire du vieux bûcheron affalé sur la Plaza en plein cagnard. Et, en plus, le jour de la Saint-Valentin !

D'un air affligé, le petit Miguel s'assit à côté d'un tas de fleurs fanées qui avaient été autrefois des hommes comme lui.

– Halloween, murmura-t-il. Comme j'aimerais avoir un foyer accueillant où aller, ce jour-là plus que tout autre. Comme j'aimerais manger de la dinde.

À peine avait-il fini de parler que, dans un grand bruissement, apparut devant lui un tapis sur lequel était assis un vieil homme vêtu d'un uniforme d'officier de marine.

– Je viens juste d'entendre ton vœu, petit Orson, dit-il.

– Petit Miguel, corrigea Miguel.

– Petit Miguel, dit l'officier de marine. Ma mère portait le nom d'Orson, expliqua-t-il, Ruth Orson ; alors chaque année, à Pâques, je ne peux pas m'empêcher d'appeler les gens « Orson ».

– C'est bon, c'est pas très grave, dit Miguel ; ma mère aussi s'appelait Ruth Orson, alors je sais ce que c'est.

Il adressa au vieux marin son petit sourire malhonnête.

– Je viens juste d'entendre ton vœu, Orson, reprit le petit vieux, ton vœu d'avoir de la dinde pour Halloween, alors j'ai aussitôt bondi sur mon tapis pour venir à ta rencontre et te dire qu'il ne nous en reste plus une seule à la maison. Que dirais-tu d'un bon petit rosbif à la place ? Il fait très beau aujourd'hui.

– J'aimerais beaucoup manger du rosbif, dit Miguel, à condition que vous fassiez bien attention d'enlever tous les noyaux d'abord. Un jour, j'ai failli m'étouffer avec un noyau.

– Avant qu'on y aille, dit l'officier de marine, je veux m'assurer que tu es habillé assez chaudement. Rappelle-toi bien quelle date nous sommes et, au milieu de toutes ces réjouissances, n'oublie jamais que, si tu es heureux et vivant aujourd'hui, c'est parce que, il y a cent cinquante ans, ton arrière-arrière-grand-père et ses courageux associés se sont réunis à Philadelphie pour rédiger ce document qui allait instaurer la liberté en Amérique et nous protéger, toi et moi, de la tyrannie d'un roi anglais. Je crois que le moins qu'on puisse faire, avant d'ouvrir la bouteille, serait de baisser nos têtes en son hommage et de penser très fort pendant trois minutes à la bravoure et au dévouement d'Amerigo Vespucci.

Tandis qu'ils se tenaient ainsi, les larmes ruisselant sur leurs petits minois, on entendit soudain se déchaîner le carillon des cloches dans l'air glacé sur le rythme glorieux d'*Integer Vitæ*, qui emplit tout leur être de sa grandeur.

– Joyeux Noël, dit le petit vieux.

– Et joyeux Noël à vous *aussi*, dit le Petit Miguel.

Ding-dong ! Ding-dong !

L'étranger dans nos murs

Un des problèmes majeurs dans l'éducation des enfants, que les livres consacrés à ce sujet n'abordent en général jamais, c'est la « visite du camarade d'école ». Je veux parler du petit copain que votre enfant ramène à la maison pour les vacances. Comment s'en dépatouiller sans tomber sous le coup du code pénal ?

D'ordinaire, il débarque chez vous car son propre domicile se trouve dans le Nevada ; s'il devait se farcir tout le trajet jusque là-bas pour Noël, il serait obligé de faire demi-tour aussitôt arrivé – la solution idéale, quand on y pense. Mais quelque chose vous pince le cœur à l'idée qu'un enfant soit privé de foyer à la période de Noël, aussi le petit George est-il accueilli au sein de votre famille à bras ouverts – avec une petite prise d'étranglement. Pauvre gamin ! Il faudra qu'on le laisse téléphoner à ses parents le jour de Noël, il va tellement leur manquer ! (On découvrira par la suite que le petit George avait l'habitude de passer les vacances chez des amis, même quand ses parents vivaient encore à Philadelphie – ils ne sont pas fous.)

Le premier jour, George se comporte avec une courtoisie modèle. « George est un garçon très bien, dites-vous à votre fils, tu devrais prendre exemple sur lui. » Après que les deux enfants sont partis se coucher, votre femme confirme votre impression : « George a l'air d'un petit garçon très mature pour ses quatorze ans. J'espère que Bill en prendra de la graine. » Et, en effet, les bonnes manières et la retenue du petit George semblent avoir en partie déteint sur Bill. Du coup, les espoirs que vous nourrissiez pour l'avenir de votre fils – et aviez abandonnés depuis – renaissent sous l'influence de son camarade d'école.

Le premier signe que le séjour de George ne se déroulera pas dans une pure félicité se manifeste à table. Avec l'assurance acquise à l'issue d'une journée d'acclimatation, il annonce tout net ne pas manger de petits pois, de pommes de terre et d'agneau, le plat principal du repas étant justement de l'agneau aux pommes de terre et aux petits pois.

– Tu veux qu'on te fasse cuire un œuf, George ? suggérez-vous.

– Je déteste les œufs, répond George en regardant par la fenêtre, dans l'attente que vous finissiez par lui proposer quelque chose qu'il aime.

– Alors j'ai bien peur que tu ne manges pas grand-chose ce soir, George, dites-vous. On a quoi, sinon, en dessert ?

– Du bon pain perdu aux raisins, annonce votre femme.

À la mention du pain perdu, George fait ce qu'on appelle « l'oiseau », un bruit répugnant qu'on produit en claquant la langue sur la lèvre inférieure.

– Je ne peux pas manger de raisins, de toute façon, ajoute-t-il, pour être poli. Ils me donnent des boutons.

– Ahh ! La fameuse allergie aux raisins, dites-vous. Eh bien, on ferait mieux de t'éviter les raisins alors. Sinon, simple curiosité, qu'est-ce que tu peux manger, au juste ? Tu peux me le dire. Je suis ton ami.

À l'issue d'un interrogatoire serré, il apparaît que George peut manger des betteraves, sous réserve qu'elles soient cuites juste à point, une variété très rare d'aubergines qui ne poussent qu'au Nevada, et toutes les glaces du monde. Il lui arrive aussi parfois de s'empiffrer de gâteaux, mais uniquement pour ne pas froisser ses hôtes.

Tout cet épisode ne serait pas tellement grave si, non content de refuser l'agneau, George ne se permettait de critiquer votre manière de le découper.

– Mon père coupe l'agneau à contre-fil, pas du tout comme vous, dit-il avec une pointe de mauvaise humeur.

– Très intéressant, répondez-vous, laconique.

– Mon père dit qu'il n'y a que les vieilles dames pour découper tout droit comme ça, poursuit-il.

– Tiens donc, marmonnez-vous d'un ton léger entre vos dents serrées, ça ferait de moi une sorte de vieille dame, alors ?

– Oui, monsieur, dit George.

– Vous avez peut-être une espèce d'agneau différente dans le Nevada, suggérez-vous tout en tranchant un gros morceau (vous n'avez jamais si mal découpé la viande). Une espèce qui se nourrit exclusivement de votre variété spéciale d'aubergines.

– On ne mange pas souvent d'agneau, dit George. Surtout du canard et du pigeonneau.

– Canard et pigeonneau, ne change rien surtout, George, répliquez-vous, et tout se passera à merveille avec tes allergies. Tiens, prends ça et régale-toi !

Vous lui balancez alors un morceau d'agneau qui, fort étrangement, aura disparu de son assiette peu de temps après.

Plus tard, vous apprendrez que le père de George sait aussi construire des voiliers, fabriquer un monoplan qui vole pour de bon, réparer une sirène cassée et imiter les cris d'oiseaux, talents que vous n'avez jamais acquis, ni même tenté d'acquérir d'ailleurs, estimant que c'était tout bonnement *impossible*. Vous commencez à haïr le père de George presque autant que George lui-même.

– Je suppose que ton père écrit des articles pour des magazines, lui aussi, n'est-ce pas, George ? demandez-vous, sarcastique.

– Évidemment, dit George avec dédain. Il les écrit le dimanche… le dimanche après-midi.

Ce dernier échange vous suffit à mettre un point final à vos relations avec George. Mais voilà : il reste encore dix jours de vacances. Or, pendant ces dix jours, George entraîne votre fils dans des expériences sur l'électricité qui aboutissent à faire sauter tous les fusibles de la maison et à brûler l'allume-cigare qu'ils avaient chapardé dans la voiture. Il le pousse aussi à traiter la cuisinière d'espionne allemande rôtisseuse de bébés, à insulter plusieurs petites filles du voisinage jusqu'à ce qu'elles pleurent et le menacent de représailles parentales, ainsi qu'à refuser de manger des épinards. Or vous savez pertinemment que Bill n'aurait jamais trouvé ces idées tout seul – il n'a pas assez d'imagination.

Le jour de Noël, tous les petits cadeaux que vous offrez à George se révèlent bien sûr être des choses qu'il possède déjà, en mieux. Il incite Bill à contester le lieu où disposer les rails de son train électrique (George soutenant *mordicus* que, chez lui, ils traversent la salle de bains de son père, le seul endroit judicieux où faire passer une voie ferrée). Il casse les jouets les plus fragiles offerts à la petite Barbara, puis prétend que c'est elle qui les a cassés car elle ne sait pas s'en servir. La journée s'achève sur une forte poussée de fièvre pour George, qui a attrapé les oreillons, ce qui nécessite sa mise en quarantaine et un séjour forcé d'un mois dans votre demeure.

Ce qui précède n'est qu'une liste succincte des problèmes posés par la « visite du camarade d'école ». S'il est acquis que chaque enfant devrait disposer d'un foyer pour l'accueillir à Noël, l'État ne pourrait-il pas mettre en place des subventions qui permettraient de transporter leur foyer jusqu'à ces enfants qui sont dans l'incapacité de s'y rendre eux-mêmes ? Un jour pareil, chaque foyer devrait être un véritable sanctuaire, où seuls les membres de la tribu seraient autorisés à se réunir, à trop manger et à se disputer. La présence d'étrangers ne fait que compliquer les choses, surtout lorsqu'on n'a pas le droit de leur flanquer une bonne fessée.

Enfin de la neige artificielle

L'autre soir, en farfouillant dans un tiroir de mon bureau, je suis tombé sur un tas de vieille neige. Je ne me rappelle plus depuis combien de temps elle traînait là. Je l'avais sans doute gardée en souvenir d'une blague de potache depuis longtemps oubliée. Mais l'idée m'a soudain frappé que la neige était vraiment un drôle de truc, d'une certaine manière, et qu'en réalité elle n'apportait pas grand-chose d'utile au monde.

Puis je me suis dit : « Je me demande s'il ne serait pas possible de fabriquer une sorte de neige factice, un produit artificiel qui satisferait les amateurs de neige, et qui causerait en même temps autant de problèmes que la neige ordinaire. » Et voilà, chers lecteurs, comment j'en suis venu à inventer la « Nège ».

Comme vous le savez, la neige ordinaire est un composé d'hydrogène, d'oxygène, de suie et d'une espèce d'agent blanchissant. (Je connais un bon agent blanchissant, avec un bureau dans l'immeuble de la Mechanics' Bank, chambre 476. Auparavant, il était agent des relations publiques pour la compagnie ferroviaire Boston & Maine, mais il a décidé que le blanchiment était plus rigolo. Il s'appelle A. E. Roff, ou un nom comme ça.)

Comme vous le savez aussi, la neige ordinaire se forme lorsque des nuages passent dans des poches d'air qui sont plus légères que l'air lui-même – si un tel phénomène est possible. Autrement dit, ces nuages (A), en passant dans ces poches d'air (C), créent des conditions atmosphériques spécifiques connues sous le nom de « vide français ». Ce dernier, en retour, provoque un certain malaise, et le résultat est ce que nous appelons « neige », ou, le plus souvent, « cette saleté de neige ».

Ensuite, afin de déterminer ce que j'aurais à faire pour concocter de la neige factice, il me fallait passer en revue les qualités de la neige telle que nous la connaissons. Quelles sont les fonctions caractéristiques de la neige ?

Bon, d'abord bloquer la circulation. Une neige artificielle convenable doit être de nature à pouvoir être appliquée dans les rues d'une ville de manière à empêcher tout trafic routier pendant au moins deux jours. « Ce qui requiert un système de distribution », pensai-je. Notre nouvelle neige doit être distribuée rapidement et efficacement dans tous les quartiers de la ville. Cela nécessite des camions, et les camions nécessitent l'emploi de conducteurs. *Or*, s'il fait froid (et à quoi bon de la neige s'il ne fait pas assez froid pour la rendre désagréable ?), ces conducteurs (B) devront porter des moufles. Donc le premier équipement que nous devons nous procurer, ce sont des moufles… J'ai donc pris une feuille de papier et y ait inscrit « moufles ». J'ai aussitôt barré ce que j'avais noté et, à la place, j'ai de nouveau écrit « moufles ». Jusqu'ici, tout va bien.

Ensuite, une des fonctions majeures de la neige ordinaire est de se glisser à l'intérieur de vos manches et de s'infiltrer sous le col de votre pardessus. Là, c'est une autre paire de manches ! Comment fabriquer quelque chose qui pourrait être mis dans les manches et les cols des piétons sans les obliger à s'arrêter pour donner un coup de main ? En effet, il est difficile d'imaginer que la neige artificielle deviendrait populaire si elle exige un effort de la part du public. Le consommateur veut bénéficier de tous les avantages d'un produit. Ça oui ! Mais il se refuse à lever le petit doigt pour les obtenir. Ça non ! Jamais le moindre effort ! S'il s'attend à avoir de la neige qui s'infiltre dans ses manches et dans son col, il la voudra sans devoir s'arrêter de marcher dans la rue, et sans avoir à relever ses manches ni à déboutonner son col.

De toute évidence, afin d'imiter cette propriété de la neige, il serait donc nécessaire d'engager des garçons pour courir derrière les gens pendant qu'ils marchent et leur glisser la neige artificielle dans les manches et le col. Si l'on estime qu'un garçon pourrait être capable d'enfoncer deux cents poignées de neige en un après-midi, en calculant le nombre de gens qui se baladent par un bel après-midi neigeux, on réalise le nombre énorme de garçons qu'il faudrait pour mener cette tâche à bien. Et ce serait encore pire avec des filles, parce qu'elles s'arrêteraient continuellement pour parler avec les gens.

Après avoir ainsi examiné la question de la distribution sans parvenir à la résoudre, il nous restait à décider quel autre attribut devrait avoir notre « Nège » pour parvenir à conquérir les cœurs des millions d'amateurs de neige à travers le pays. Quelqu'un suggéra qu'elle devrait être « mouillée » et, en moins d'une seconde, cette proposition fut adoptée de tous les côtés de la salle de conférences (car nous en étions arrivés à tenir conférence) : « Mouillée ! Mouillée ! Notre Nège doit être mouillée ! »

Il fut décidé que le meilleur endroit où nous devrions simuler l'humidité était sous les fenêtres des chambres à coucher. Qui ne se souvient pas de s'être levé pour fermer les fenêtres de la chambre et d'avoir marché dans un généreux assortiment de flocons de neige dans leur plus charmante forme de désintégration – l'eau ? Ou même en plein dans le passage, au beau milieu de la pièce, exactement là où papa glissera en se dirigeant vers le bureau ou en revenant ? C'est peut-être là la propriété de la neige la plus difficile à imiter – cette glissade dans la chambre à coucher –, et si, en plus de placer la neige de notre composition devant les fenêtres des chambres, nous parvenions à élaborer une technique grâce à laquelle on pourrait la propulser dans les plis des sous-vêtements laissés sur la chaise à proximité de la fenêtre, alors nous serions vraiment en droit de crier victoire !

Le processus qui nous a amenés à choisir le nom de « Nège » pour notre produit constitue une histoire à lui seul. La loi sur la propriété industrielle interdit de déposer une marque comme « Neige », « Or », « Rolls-Royce », ou n'importe quel autre nom. Cette législation a d'ailleurs été instituée par quelques fanatiques, qui ont profité de l'absence de nos gars, partis à la guerre, pour plonger le pays dans une débauche de lois réactionnaires. Nous n'avons hélas pas d'autre choix que de nous conformer à cette réglementation.

Nous avons donc pensé qu'en enlevant le « i » nous formerions un mot qui sonne presque comme le vrai mot tout en échappant aux dispositions techniques prévues par la loi. Certains des associés penchaient pour un nom plus chic, comme « Blanks », ou « Flokons », mais notre responsable de la publicité, expert en « réfraction lumineuse sur le consommateur », nous a assuré que l'effet d'un mot comme « Nège » sur l'œil du lecteur télégraphierait un message plus favorable à son cerveau qu'un mot plus long se finissant en « anks » ou en « kons ». Prenez le mot « Ford », par exemple. Le succès des produits Ford est presque entièrement dû aux réfractions lumineuses positives du nom de la marque sur la rétine du consommateur.

Voilà donc comment nous avons fini par adopter « Nège » comme nom de marque. Il ne nous restait plus alors qu'à mettre au point les derniers détails de la fabrication effective du produit et à décider sous quelle forme le lancer sur le marché. Dans toute entreprise commerciale, le *packaging* est un facteur essentiel, aussi avons-nous pensé qu'une raquette miniature serait une idée de présentation appropriée, et même assez brillante pour un article si particulier. Si nous pouvions trouver une manière d'emballer la « Nège » dans une raquette d'environ quinze centimètres, cela fournirait non seulement au vendeur un article accrocheur à exposer, mais aussi au client un joli paquet à rapporter à la maison – autrement plus joli, par exemple, qu'une cuite au whisky. Vous seriez cependant surpris de découvrir à quel point il est ardu d'emballer un peu de neige artificielle dans une raquette, à moins de les mettre toutes les deux dans une boîte.

À présent, tout ce qu'il nous reste à divulguer, c'est le procédé de fabrication de la « Nège ». C'est justement ce sur quoi nous planchons en ce moment.

Meilleurs vœux de…

Pendant la période de Noël et du Nouvel An, une affreuse rumeur selon laquelle j'étais en prison a fait le tour des cabinets comptables et des salons* de la ville. J'aimerais à présent éclaircir les choses : c'est moi qui ai lancé cette rumeur. Je l'ai non seulement lancée, mais j'ai aussi dépensé pas mal d'argent à l'entretenir par le biais de personnes à ma solde qui la propageaient, afin que mes amis comprennent pourquoi ils ne recevaient ni cadeau ni carte de vœux de ma part. Ils ne pouvaient tout de même pas s'attendre à ce qu'un homme emprisonné leur envoie quoi que ce soit. N'est-ce pas ?

* Note à l'imprimeur : un seul « o » à « salons », s'il vous plaît !

J'ai désormais atteint un âge et une condition artérielle où la tâche consistant à choisir des cadeaux personnalisés provoque chez moi une forte poussée de fièvre (39 °C) et fait se révulser mes yeux à l'intérieur de leurs orbites. Ce n'est pas l'argent qui me pose problème. J'en dépense tout autant en bébés jaguars et en bouteilles rares de vins égyptiens millésimés lors d'une seule de mes fameuses fiestas. C'est simplement que je ne suis plus capable de décider quoi choisir pour qui. En d'autres termes, cette splendide structure cellulaire qu'on appelait jadis mon « cerveau » s'est complètement effondrée dans ce domaine précis. (Et je découvre chaque jour d'autres domaines, mais ce n'est pas notre sujet aujourd'hui.)

Or je ne suis pas confronté à ces terribles crises qu'au moment de Noël et du Nouvel An. Quand je pars en vacances d'été, quand je voyage pour mon travail, ou même quand je me réveille et me retrouve dans une ville étrangère par erreur, ce cauchemar ne cesse de me hanter : « Quelle carte postale vais-je bien pouvoir envoyer à Joe ? » ou « Qu'est-ce que je devrais rapporter à Mae ? ». Résultat : j'ai développé une véritable phobie pour les présentoirs de cartes postales, et la seule vue d'une boutique de cadeaux sur mon chemin suffit à me faire prendre illico un détour de cinq kilomètres, ou à me rouler par terre dans un état d'hystérie fort déplaisant. Si je connaissais un bon médecin, j'irais le consulter à ce sujet.

Lors de mes dernières vacances, j'ai soudain réalisé que j'étais déjà parti depuis deux semaines sans envoyer une seule nouvelle, excepté ce câble à la banque pour lui dire de se mêler de ses affaires et de me ficher la paix avec ce découvert. J'ai donc fait les cent pas devant une boutique de cartes postales jusqu'à ce que je parvienne à rassembler mon courage, j'ai serré les dents et foncé dans le magasin. Je me suis alors trouvé confronté à un choix d'à peine moins de quatre cent cinquante mille cartes postales.

Prenant une position un peu décalée sur la gauche, observant de biais l'un des tourniquets, je lui ai donné une légère poussée, juste histoire de voir s'il fonctionnait bien. Ce geste a aussitôt fait venir la vendeuse.

– Vous cherchez des cartes postales ? a-t-elle demandé, peut-être pour s'assurer que je ne faisais pas joujou avec l'engin.

– Je ne fais que regarder, l'ai-je rassérénée.

Alors, évidemment, j'ai été obligé de regarder. J'ai bien dû faire tourner le machin quatre-vingts ou quatre-vingt-dix fois, jusqu'à ce que j'aie l'impression qu'il n'y avait qu'un jeu de cartes postales sur le présentoir, montrant toutes la même scène : des gens quelconques dans un bateau à rames sur un lac éclairé par la lune. Puis j'ai commencé à le faire tourner en sens inverse. J'ai été pris de vertiges et j'ai dû le stopper complètement.

– Voyons voir, ai-je dit à voix haute, afin de rassurer la vendeuse sur le fait que j'étais vraiment venu pour acheter des cartes et pas pour rigoler. Qui… à qui dois-je en envoyer déjà ?

Bon, il y a quatre personnes dans ma famille, et Joe, et Hamilton, et Tweek, et Charlie (quelque chose de comique pour Charlie)... oh, et Mlle McLassney du bureau, et Mlle Whirtle de l'accueil, et Eddie de l'ascenseur, et puis quelques cartes rigolotes pour les copains du Club 21, et... à ce stade, je me suis senti suffisamment bien pour recommencer à mouvoir le tourniquet. De toute évidence, la chose à faire était d'en prendre trois ou quatre douzaines au hasard, puis de décider ensuite laquelle envoyer à qui. J'ai donc sorti des cartes postales du présentoir par paquets entiers – trois dans le lot représentaient des chèvres des montagnes, six étaient des aquarelles d'un gamin portant un bouquet de pensées (celles-là devraient faire rire), et sept ou huit montraient des paysans en costume traditionnel en train de jouer au cerf-volant ou à un truc approchant.

– Je vais prendre celles-ci, ai-je dit dans un état d'excitation fiévreuse, avant de me ruer dehors sans payer.

Quatre jours durant, j'ai évité de m'asseoir à mon bureau pour écrire ces cartes, mais un gros orage de montagne m'a obligé à me cloîtrer à l'intérieur et, n'ayant plus rien à lire, j'ai fini par m'y mettre. J'ai pris les trois douzaines de cartes et je les ai rassemblées en une pile bien nette devant moi. Puis j'ai sorti mon stylo à plume. Par un heureux coup du hasard, il n'y avait plus d'encre dedans. Il est impossible d'écrire des cartes postales sans encre, n'est-ce pas ? Alors je me suis levé et je suis allé faire un somme jusqu'à ce que l'orage s'apaise.

Ce n'est qu'une semaine plus tard que j'ai fini par m'asseoir de nouveau à mon bureau pour commencer à choisir quelles cartes envoyer à qui. Bon, en voici une avec une vieille chèvre qui se tient à flanc de montagne. Elle ferait sans doute l'affaire pour Joe, avec un truc comique écrit au dos. Non, je crois que celle des deux paysannes en train de pousser une charrette lui plairait plus. J'ai écrit : « Amusant, non ? » sur la carte de la chèvre et j'ai décidé de l'envoyer à Hamilton, mais juste en dessous il y en avait une autre très pittoresque représentant un garçon et une fille en train de manger un bouquet de muguet. Elle irait mieux à Hamilton… ou peut-être qu'elle conviendrait plus à Charlie. Non, celle de la chèvre plaira à Charlie, parce qu'il dit sans arrêt « Amusant, non ? »… Bon, réglons cette affaire de manière systématique. Celle de la chèvre pour Charlie. Rayons le nom de Charlie de la liste. En voilà une de faite. Maintenant, le garçon et la fille qui mangent du muguet… ou peut-être celle-ci avec les cygnes… non, le garçon et la fille pour Hamilton parce que… hé, c'est quoi, ça ? Pourquoi pas *celle-là* pour Hamilton ? Et si j'envoyais le garçon et la fille en train de manger des cygnes dans une charrette de muguet sur une falaise à Eddie, ou à Joe, ou à Mlle McLassney, ou à maman, ou à Tweek, ou bien…

À cet instant, tout est devenu noir devant mes yeux et, lorsque j'ai repris mes esprits, j'étais assis à une petite table en fer sur une terrasse, la tête plongée dans une coupe de glace au parfum bizarre. N'ayant pas de timbre, je n'ai pas envoyé les cartes, même celle que j'avais écrite pour Charlie, mais les ai toutes rapportées chez moi dans ma malle ; à ce jour, elles sont toujours dans le tiroir du haut de mon bureau.

Rapporter chez soi des petits cadeaux est un problème encore plus grave. La veille de mon départ, je me suis rendu dans une boutique spécialisée dans les bricoles pour touristes. J'avais établi avec le plus grand soin ma liste de gens pour qui je devais trouver un cadeau. Ah, des réveils de voyage. Mais tout le monde a *déjà* un réveil de voyage. Ah, des sacs à main brodés. (En l'occurrence, j'en suis venu à croire que, où que vous vous trouviez, le panel complet des cadeaux pour femmes se limite à des sacs à main brodés. Demandez à une vendeuse de vous conseiller quoi rapporter à votre mère, et elle vous répondra invariablement : « Pourquoi pas un joli sac à main brodé ? » Regardez les publicités dans les journaux, et tout ce que vous trouverez en vente, ce sont des sacs à main brodés. Les magasins près de chez vous sont pleins de sacs à main brodés et votre propre maison est bourrée à craquer de sacs à main brodés. Mon Dieu, l'idée ne leur passe jamais par la tête de fabriquer *autre chose* ?)

J'ai erré de boutique en boutique, en me disant chaque fois que, dans la prochaine, je finirais bien par tomber sur quelque chose qui ferait l'affaire. Des réveils de voyage et des sacs à main brodés. Des parfums et des sacs à main brodés. Tous ces objets, bien sûr, je pouvais les trouver près de chez moi, juste sur Main Street – et probablement beaucoup moins chers. À ce point de mes pérégrinations, les boutiques se mettent soudain toutes à fermer, et je me retrouve à l'issue de ce dernier jour de shopping avec ma liste et les chevilles enflées. Ce qui m'oblige en général à ressortir discrètement, le premier jour de mon retour à la maison, pour aller acheter un réveil de voyage, du parfum et un sac à main brodé au magasin du coin afin de pouvoir les offrir, sans le papier cadeau de rigueur, à des amis qui les reçoivent avec une joie modérée.

Voilà pourquoi je fais croire que je suis en prison pendant la période de Noël et du Nouvel An. Il n'est d'ailleurs pas impossible que je finisse par prétendre être derrière les barreaux (ou par m'y retrouver pour de bon) tout le reste de l'année.

Chouette, un nouveau jour !

La bonne nouvelle vient juste de tomber, au moyen d'un vieux chameau qui s'est écrasé au sol avec une dépêche de l'AFP collée sur le dos. On va probablement ajouter une journée supplémentaire à la fin de l'année, une journée spécialement conçue pour nous permettre d'attaquer la nouvelle année en pleine forme. Elle portera le nom de « Jour de fin d'année ».

L'Association calendaire mondiale (que le Ciel la protège !) a mis en place un système pour faire en sorte que chaque année commence un dimanche. Ce qui est déjà en soi une bonne idée, car un réveillon du Nouvel An devrait toujours tomber un samedi soir. Tous ces types qui traînent leur gueule de bois au bureau des mardis ou des jeudis matin ont vraiment l'air totalement demeurés.

Le plan consiste à diviser l'année en quarts (ne me demandez pas comment), le premier mois de chaque quart comportant trente et un jours, et les suivants trente. Il reste encore pas mal de points sur lesquels j'attends des éclaircissements, mais je suis beau joueur et prêt à patienter le temps qu'il faudra.

Quoi qu'il en soit, à la fin de chaque année, on disposera d'un jour supplémentaire, une sorte de samedi flottant qui se baladera entre le dernier samedi et le Jour de l'an, et qu'on appellera donc « Jour de fin d'année ». Ce jour-là, on pourra en faire ce qu'on voudra. Hé, c'est pas génial, ça ?

Imaginez-vous un peu tout ce que vous pourriez faire d'un « Jour de fin d'année ». Casser des pots de géranium, déchirer des tabliers, faire gicler de l'eau à travers vos dents et, d'une manière générale, mettre autant de bazar que possible. Comparé à une telle journée, le réveillon du Nouvel An vous paraîtra aussi joyeux qu'une nuit blanche passée à bûcher votre examen de chimie.

Ou alors, vous pouvez aussi vous servir du « Jour de fin d'année » pour récupérer après le réveillon, afin d'attaquer le Jour de l'an en pleine forme, au lieu de devoir attendre jusqu'au 2 janvier avant d'être de nouveau capable d'enfiler des chaussures à vos pieds ou d'avoir une vision nette à mi-distance.

Je prévois de faire un tas de choses ce « Jour de fin d'année », des choses que je n'ai jamais trouvé le temps de faire. L'une des premières sera de comprendre clairement toute cette affaire de « Jour de fin d'année ». Je n'ai pas encore tout à fait saisi le truc.

Sources

« La fête des petits », « Le cambrioleur de Noël d'Editha », « Une pantomime de Noël » et « C'est les vacances ! » sont extraits de *Pluck and Luck* (Henry Holt & Company, New York, 1925).

« Un bon vieux Noël à l'ancienne », « Grandeur et décadence de la carte de vœux », « L'histoire de fantôme d'oncle Edith » et « Enfin de la neige artificielle » sont extraits de *The Early Worm* (Henry Holt & Company, New York, 1927).

« Un autre conte de Noël d'oncle Edith » et « L'étranger dans nos murs » sont extraits de *The Treasurer's Report and Other Aspects of Community Singing* (Harper & Brothers, New York et Londres, 1930).

« Chouette, un nouveau jour ! » est extrait de *After 1903 What ?* (Harper & Brothers, New York et Londres, 1938).

POURQUOI JE DÉTESTE NOËL

« Meilleurs vœux de… » est extrait de *Chips Off the Old Benchley* (Harper & Brothers, New York et Londres, 1949).

Table

DU MÊME AUTEUR

Le Supplice des week-ends
10/18, 1994

La Vie périlleuse du chanteur de basse
Le Rocher, 1999

L'Expédition polaire à bicyclette
Le Dilettante, 2002
et « Points », n° P2980

Psychologie du pingouin
et autres considérations scientifiques
Le Dilettante, 2004
et « Points », n° P2819

Démence précoce
Rivages, 2007

Pourquoi personne ne me collectionne ?
Rivages, 2008 et 2010

Remarquable, n'est-ce pas ?
Monsieur Toussaint Louverture, 2008 et 2012

Les Enfants, pour quoi faire ?
Wombat, 2011 et 2017

L'Économie, pour quoi faire ?
Wombat, 2015

RÉALISATION : NORD COMPO À VILLENEUVE-D'ASCQ
IMPRESSION : CPI FRANCE
DÉPÔT LÉGAL : NOVEMBRE 2018. N° 140497-3 (3054681)
IMPRIMÉ EN FRANCE